L'espionne déclone !

Marie-Aude Murail est née d'un père poète et d'une mère journaliste. Sur les quatre enfants de la famille, trois sont écrivains et l'aîné musicien. Marie-Aude Murail écrit pour les adultes et pour les jeunes. Ses ouvrages ont été publiés chez Bayard Éditions, Nathan, Gallimard, Le Seuil et L'École des Loisirs.

Du même auteur dans Bayard Poche :
L'oncle Gorgio - *Graine de monstre* - La série *L'espionne* (J'aime lire)

Frédéric Joos est né en 1953 à Alger. Il a appris le dessin en autodidacte et illustre aujourd'hui des magazines chez Bayard Presse et des livres aux éditions Milan, Gallimard Jeunesse et Nathan.

Du même illustrateur dans Bayard Poche :
Journée poubelle pour Gaëlle - *Bouboul Maboul* - *La maîtresse est amoureuse* - La série *L'espionne* - *La confiture de leçons* (J'aime lire)

Dépôt légal : octobre 2006
Loi du 16 juillet 1949 sur les publications destinées à la jeunesse.

L'espionne déclone !

Une histoire écrite par Marie-Aude Murail
illustrée par Frédéric Joos

J'AIME LIRE
BAYARD POCHE

1
Premier anniversaire de filles

J'ai attendu le dessert pour annoncer la grande nouvelle :

– Marie-Eugénie m'a invitée à son anniv' !

J'ai sorti son invitation, pliée en douze, de ma poche de jean, et je l'ai posée sur la table en la repassant avec la main.

Marie-Eugénie a dessiné un gâteau avec neuf bougies, mais on dirait plutôt une soucoupe volante. Je n'ai pas critiqué parce que c'est la première fois qu'une fille m'invite à son anniversaire.

– Pincez-moi ! a crié mon grand frère, Noël. Marie-Eugénie, c'est bien un nom de fille ?

– Tu as des copines, maintenant ? a fait ma sœur, l'air étonné.

J'ai dit d'une voix énervée :

– On peut faire un club d'espions avec des garçons ET avoir des copines !

– Mais bien sûr, Romarine, m'a approuvée Maman. Tu débarrasses, ma chérie ?

D'abord, je me suis croisé les bras pour être sûre de rien faire. Puis j'ai changé d'idée et j'ai aidé Maman. J'avais un plan.

– Il y a beaucoup d'invités à cet anniversaire ? m'a demandé Maman dans la cuisine.

– Non, on sera quatre en tout.

J'ai jeté un coup d'œil dans le couloir pour vérifier que Noël était bien retourné dans sa chambre, et j'ai ajouté :

– On jouera à la Diva Doll. C'est un genre de poupée.

Depuis que je suis espionne, je ne joue plus à la poupée, sauf une fois où on a inventé que ma Barbie Coiffure était piégée à la bombe.

– Les filles vont toutes apporter leur Diva Doll. Et moi, j'en ai pas.

J'avais pris ma voix pleine de larmes. Avec Maman, ça suffit. Avec Papa, il faut pleurer vraiment.

– La mieux, c'est la Diva Glamour. Il y a aussi la Cool, la Sport...

– Et ça se trouve où, ces merveilles ?

– À Prisu ! Je pourrai avoir la Diva Glamour ?

Je faisais des petits bonds en l'air. Je ne peux pas m'en empêcher quand je sens que Maman va craquer.

– Elle est TROP bien ! Je l'ai vue à la publicité. On peut lui faire des tatouages. Marie-Eugénie a la Diva Fun, Fatiah a la Diva Collège et Margaux a la Diva Bohême. Moi, j'apporterai la Diva Glamour. Hein, Maman, hein ?

– Oui, oui, mais arrête de sauter.

2
La Diva du Prisu

Le samedi, on est allées toutes les deux au rayon jouet de Prisu. Il fallait aussi que j'achète un cadeau pour Marie-Eugénie, mais pas une Diva, parce qu'elle en aurait deux et on serait jalouses.

– C’est ça, tes Doll Machin ? a fait Maman.

– C’est trop cool, hein ? Tu as vu, elle a des semelles compensées. Tu aimes ?

– C’est atroce. Cette tête qu’elle a !

– Ça se dévisse. On peut lui mettre une tête de Cool ou de Fun à la place. Tu aimes ?

– C’est atroce, a répété Maman.

Je lui ai tout sorti : que les poupées n’étaient plus comme de son temps, que les filles ne joue-

raient pas avec moi à l'anniversaire, que j'étais la seule de l'école à ne pas avoir de Diva et que je ne demanderais rien d'autre jusqu'à Noël. Dans la queue à la caisse, Maman répétait toujours :

– Pourquoi ils font des choses aussi atroces pour les enfants ?

J'ai répondu avec ma voix énervée :

– Parce que les enfants aiment les trucs moches.

Tout le lundi, Marie-Eugénie, Fatiah et Margaux ont parlé de leur look pour mercredi. Fatiah se ferait des petites tresses africaines. Margaux a dit qu'elle se maquillerait pour de vrai. Marie-Eugénie mettrait son pull qui montre le nombril et qui est interdit à l'école. J'étais démoralisée.

Le soir, je me suis regardée dans la glace du salon. Avec mes cheveux courts et mon pantalon d'espionnage, je n'avais aucun look.

Et là, catastrophe ! j'ai vu mon frère dans le miroir. Il m'a dit :

– Problème ?

Noël ne fait que m'embêter en ce moment. J'ai répondu :

– Je t'espionne, moi ?

Il a ri et s'est baissé pour se mettre à ma hauteur :

– Qu'est-ce qu'elle a, ma diva ?

Là, j'ai craqué :

– Je suis pas diva du tout !

Je lui ai tout raconté pour les tresses africaines de Fatiah et le maquillage de Margaux.

– Je vais être nulle, mercredi.

– Tu n'as qu'à te coiffer avec des mèches bleues et des mèches rouges. C'est le look pétard.

J'ai écarquillé les yeux. Trop méga ! Puis je me suis renfrognée.

– Problème ? a fait Noël.

– Maman ne voudra pas.

– Quel est l'imbécile qui te garde, le mercredi ? m'a demandé Noël.

Je lui ai passé les bras autour du cou :

– Toi.

3
Numéro-Deux

Mme Lormont, la maman de Marie-Eugénie, avait aussi les cheveux en pétard, le mercredi, avec des mèches pleines de farine.

– J'ai voulu faire une pièce montée, a-t-elle expliqué à Noël.

Elle avait des larmes dans les yeux. Ça devait être tout raté. Les autres filles étaient déjà arrivées. Elles ont fait : « Trop cool ! » quand elles ont vu mon look.

– Et on a acheté la Diva Glamour, a crâné mon frère en prenant une voix de fille.

Je l'ai poussé vers la sortie, vite fait.

– Vous venez dans ma chambre ? nous a demandé Marie-Eugénie.

– Vous gardez Jean-Côme avec vous ! a ordonné Mme Lormont.

C'est le petit frère de Marie-Eugénie. Il a cinq ans.

– Mais, Maman, on va jouer à des jeux de fille !

Mme Lormont a hurlé :

– C'est une fête, et tout le monde a le droit d'en profiter !

On a filé vers la chambre, la tête baissée, avec Jean-Côme qui boudait. Pour remettre un peu d'ambiance, j'ai donné mon cadeau à Marie-Eugénie. C'était un minisac à dos hyper trop mode. Je demanderai le même pour mon anniversaire.

– On joue aux Diva ? a proposé Marie-Eugénie.

J'étais contente d'avoir la Glamour. Elle est mieux que les autres.

– Regarde mon cadeau d'abord, a dit Fatiah avec un air de mystère.

Et là, catastrophe ! Cette idiote avait acheté une Diva Glamour, exactement la même que la mienne.

– On dirait que ça serait des jumelles, a commencé Margaux. Elles s'appelleraient Ludivine et Ludmilla.

J'ai déjà remarqué que les filles trouvaient toujours des noms tartes pour les poupées.

– Trop cool ! ont crié Fatiah et Marie-Eugénie.

– Trop moche, a marmonné Jean-Côme.

– Alors, toi, Jean-Coin-Coin, tu fermes ton bec, a dit sa sœur.

On a ricané. Puis Margaux nous a raconté l'histoire des sœurs Glamour :

– Ludivine serait dans un club de pom-pom girls, et Ludmilla, elle n'y serait pas, parce que les autres filles ne voudraient pas de jumelles dans leur club. Alors, Ludmilla serait désespérée et elle irait se faire un look de Fun pour qu'on ne la reconnaisse pas.

– Trop bête, a bougonné Jean-Côme.

Fatiah a dévissé la tête de la Fun pour la mettre à ma Glamour. J'ai senti que je n'allais pas m'amuser du tout.

– Une poupée sans tête ! a couiné Jean-Coin-Coin.

Il a attrapé la Fun et il a fait :

– Ha, ha, je suis la Diva fantôme, je coupe les têtes des filles avec mon sabre de la mort.

Il donnait des coups de Diva dans le vide. Il était trop marrant.

Mais Marie-Eugénie s'est redressée, furieuse :

– Je vais le dire à Maman ! Rends-moi ma Fun !

– Viens me chercher si tu l'oses ! a dit Jean-Côme en sautant sur le lit. Je suis le fantôme de la Diva qui pète.

J'étais écroulée de rire. Les autres m'ont regardée et ont crié :

– Mais c'est PAS drôle !

– On ne va jamais pouvoir jouer !

Je me suis approchée du lit et j'ai mis les poings devant moi, comme Angelo* quand on l'embête :

– Jean-Côme, tu rends la Fun, ou je te mets la tête au carré.

Il s'est arrêté de sauter et il m'a jeté la poupée à la figure. Ça valait mieux parce que je ne sais pas à quoi ressemble une tête au carré.

* Angelo est un copain de Romarine… qu'elle aime beaucoup.

J'ai attrapé ma Glamour et j'ai dit :

– Elle ne s'appelle pas Ludmilla. Elle s'appelle Numéro-Deux. Ce n'est pas une jumelle mais elle est exactement comme Ludivine parce que c'est... un clone.

Il y a eu un silence puis Margaux a demandé :

– C'est quoi déjà, un clone ?

– C'est une imitation. On prend un morceau microscopique de quelqu'un sans lui dire et on fait la multiplication de ses particules. C'est un genre de chose scientifique.

Les filles fronçaient les sourcils. Jean-Côme suçait son pouce.

Alors, j'ai pris une voix très basse pour leur faire peur :

– Numéro-Deux est très méchante. Elle veut tuer Ludivine pour avoir sa place chez les pom-pom girls. Et si on n'invente pas une machine à décloner, on va tous être remplacés par nos Numéro-Deux.

– C'est vrai ? a demandé Jean-Côme.

4
Mission déclonage

Marie-Eugénie a un tableau blanc avec des feutres. J'ai dessiné le plan d'une machine à décloner.

– Ça va être difficile à fabriquer, a dit Fatiah.

J'ai poussé un soupir et j'ai répondu :

– C'est de la « haute technologique », mais on va y arriver.

J'ai énuméré tout ce qu'il me fallait : une boîte en carton, du papier, de la colle, des ciseaux, des feutres rose, rouge et violet, un trombone déplié et un entonnoir.

L'emballage de la Diva Glamour a servi pour fabriquer le récepteur. J'ai découpé une bande de papier cadeau pour faire le régleur et je l'ai colorié de trois couleurs différentes.

J'ai expliqué :

– Le rose, c'est force faible, le rouge, c'est force moyenne, et le violet, c'est force maximum. On règle la force avec le trombone.

J'ai percé trois trous dans le régleur, un par couleur.

– Quand on enfonce le trombone dans le trou du violet, on a un captage au maximum.

– Mais on capte quoi ? a dit Margaux, qui ne captait rien depuis le début.

J'ai répondu :

– On capte les particules.

– Quelle partie ? s'est étonné Jean-Côme.

– Toi, coin-coin ! lui a dit sa sœur pour qu'il se taise. Je vais chercher l'entonnoir.

Elle m'a fait un signe de tête :

– Tu viens avec moi ?

Mme Lormont était dans sa cuisine. Elle regardait sa pièce montée, l'air découragé.

J'ai remarqué :

– Elle est un peu enfoncée au milieu.

– Je n'ai pas besoin que tu me le dises pour le voir ! s'est énervée Mme Lormont. Et toi, qu'est-ce que tu fais dans les placards ?

Marie-Eugénie cherchait notre capteur à particules. Il fallait que je détourne l'attention de sa mère. J'ai demandé :

– On sera obligés d'en manger ?

J'ai cru que Mme Lormont allait me bouffer. À ce moment-là, patatras, Marie-Eugénie a renversé tout un tas de casseroles sur le carrelage.

– Mais qu'est-ce qu'elle me fait ? a crié Mme Lormont. Sortez-moi de cette cuisine !

J'ai aperçu l'entonnoir par terre. Vite, je l'ai attrapé et je l'ai mis dans mon dos.

On s'est sauvées avec le capteur.

– Mission accomplie ! a annoncé Marie-Eugénie aux autres filles.

On a enfoncé le capteur dans le récepteur. Notre machine était terminée.

– C’est nul, a critiqué Jean-Côme.

– Tu veux que je te déclone ? a demandé sa sœur en tournant le capteur vers lui.

Il est parti en courant vers la cuisine. Il criait :

– Maman, Maman ! Marie-Eugénie, elle déclone !

Je crois que sa mère a compris autre chose parce qu’il s’est pris une claque. Puis elle nous a appelées pour le goûter.

5
Tout mou

Madame Lormont avait fait une décoration avec des serviettes en papier Harry Potter et des assiettes en carton Tom-Tom et Nana. C'était un peu mélangé, mais c'était bien quand même. Mme Lormont a apporté le gâteau en chantant : « Happy birthday to you. »

– Il est tout « moulasse », a fait Jean-Côme d'un ton dégoûté.

Les bougies s'enfonçaient dedans.

– J'ai pas très faim, a dit Fatiah.

Marie-Eugénie a soufflé ses bougies. On a applaudi, et Jean-Coin-Coin a voulu attraper l'Orangina derrière le gâteau. La bouteille lui a glissé des mains et elle s'est renversée sur la pièce montée. On a poussé des tas de cris pour faire l'ambiance. Coin-Coin pleurait très fort pour ne pas se prendre une autre claque.

– Oh ! a dit Margaux, il y a un petit bassin au milieu du gâteau.

Mme Lormont a tout essuyé en n'arrêtant pas de dire qu'elle s'en souviendrait. Puis elle nous a servi des parts de bouillie de gâteau.

– Hmm, c'est superbon, a dit Jean-Côme. Ça a goût d'Orangina.

On en a tous mangé deux fois. Après le goûter, on est repartis dans la chambre.

– On continue le jeu du déclonage ? a demandé Fatiah.

Je me suis tournée vers Marie-Eugénie en prenant un air de soupçon :

– Ta mère, elle rate souvent les gâteaux ?

– Jamais.

– J'en étais sûre ! C'est pas ta mère. C'est une Numéro-Deux.

J'ai eu peur que Jean-Côme se mette à pleurer. Mais non, il a juste dit :

– Ma vraie mère ne donne pas de claques.

Ça se confirmait : Mme Lormont était un clone. Nous allions la viser avec le capteur.

– Et qu'est-ce qui va se passer ? m'a questionnée Margaux.

– Elle va se désintégrer.

On est partis à la queue leu leu dans le couloir. Mme Lormont-Numéro-Deux s'était réfugiée dans la cuisine. Elle faisait semblant de laver des plats comme une mère normale. On était tous bien aplatis contre le mur. Jean-Côme n'arrêtait pas de rire et de chuchoter, et j'ai dû lui plaquer ma main contre la bouche.

Marie-Eugénie a braqué le capteur sur sa fausse mère.

– Force maximum, lui a conseillé Fatiah.

Et là, enfer et ratage, le régleur s'est bloqué à force faible. On a dû repartir dans la chambre en courant.

J'ai débloqué le trombone et je l'ai enfoncé dans le violet.

– Et si Mme Lormont n'est pas un clone ? m'a demandé Margaux. Qu'est-ce que ça va lui faire, le capteur ?

– Ça tue pas, a répondu Jean-Côme. Ça « ramoulit » le cerveau. Il devient comme le gâteau.

On a ricané. Il est malin, le petit frère de Marie-Eugénie. J'ai expliqué que je savais faire la différence entre un clone et un vrai humain.

– Mais il faut que je fabrique un analyseur de particules. Pour ça, il me faut une loupe, une pince à épiler...

Les filles ont poussé des soupirs.

– C'est pas marrant, a dit Margaux. On te regarde fabriquer et on s'embête. Moi, je préfère jouer aux Diva. La mienne s'appelle Priscilla, et elle serait vétérinaire de cheval.

Fatiah a pris sa Diva Collège et elle a dit qu'elle s'appellerait Pâquerette et qu'elle serait la cousine de Priscilla.

– Et leur mère, elle serait morte, et elles habiteraient ensemble...

Je les ai regardées sans jouer. C'était trop compliqué, leurs histoires. Soudain, j'ai senti qu'on me tirait par le bras. C'était Jean-Côme. Il avait trouvé la loupe et la pince à épiler.

6
Unique au monde

On s'est assis sur le lit, Jean-Côme et moi, et j'ai dessiné le plan de l'analyseur.

– Et la pince, c'est pour quoi ? m'a demandé Jean-Côme.

– C'est le préleveur de particules. On arrache un poil et on fait l'analyse. Mais il me faut du produit à vaisselle pour la réaction chimique.

Jean-Côme est parti en courant vers la cuisine. En l'attendant, j'ai essayé de m'arracher un poil à la jambe. Je ne crois pas que je suis un clone, mais c'est quand même mieux de vérifier.

Jean-Côme est revenu avec du produit à vaisselle tout orange. Je lui ai dit qu'on allait faire l'expérience sur moi et qu'on la ferait avec sa mère une autre fois.

– Oui, parce qu'aujourd'hui, elle est de mauvais poil, m'a répondu Jean-Côme.

C'est incroyable ce qu'il est drôle pour cinq ans ! Pendant ce temps, Fatiah faisait la voix de Pâquerette en train de pleurer parce que son cheval chéri était devenu aveugle.

– Mais pourquoi vous riez ? m'a demandé Marie-Eugénie.

Elle avait l'air en colère.

– Toi, coin-coin ! lui a dit son frère.

J'ai cru que ça allait faire la bagarre. Heureusement, on a sonné à la porte.

– C'est ta maman, Romarine ! m'a appelée Mme Lormont.

Maman m'attendait dans l'entrée. Elle a ouvert de grands yeux en voyant ma coiffure. J'ai dit :

– Problème ?

Maman a marmonné :

– Toi et Noël, vous vous y entendez pour les bêtises.

Puis elle a demandé aux copines si on s'était bien amusées avec les Diva. Marie-Eugénie a raconté le jeu de la vétérinaire de cheval.

Pour faire son intéressante, elle a ajouté :

– C'est le métier que je veux faire plus tard.

– Moi, plus tard, a dit son petit frère, je veux être décloneur.

– Jean-Côme ! a grondé Mme Lormont qui avait encore mal compris.

On s'est fait des bisous et j'ai pensé à remercier pour le gâteau. Jean-Côme m'a tirée par le bras et il m'a tendu un bout de papier. J'ai regardé dans l'ascenseur. Il avait dessiné un cœur. Je ne suis pas une diva, mais tous les garçons sont amoureux de moi.

À la maison, Maman m'a rincé les cheveux. Le bleu et le rouge s'en allaient dans le lavabo. C'était triste comme une fête qui est finie. Alors, pour me consoler, j'ai coupé les cheveux de ma Glamour et je lui ai fait des mèches avec mes bombes de couleur. Puis je l'ai habillée avec mon costume de Ken, star du rock.

On a frappé à la porte de ma chambre. J'ai cru que c'était Noël, et j'ai crié en brandissant ma poupée :

– Regarde ! C'est la Diva Pétard !

Mais c'était Maman. Elle a fait un « ooh » tout désolé. J'ai dit d'une petite voix :

– Tu aimes ?

Elle a froncé les sourcils, pas trop contente. Je lui ai expliqué :

– Je ne veux pas que ma Diva ressemble à celle de Marie-Eugénie. Comme ça, elle est unique au monde.

Maman a souri et elle m'a dit :

– Toi aussi.

Achevé d'imprimer en septembre 2006 par Oberthur Graphique
35000 RENNES – N° Impression : 7319
Imprimé en France